Un diwrnod mae Mursen yn mynd am dro.

1

Bobol bach!
Beth sydd ar y lein ddillad?

Mae'r Dewin Dwl
ar y lein ddillad.
Mae'n chwerthin.

Bobol bach!
Beth sydd ar drwyn Ceridwen?

Mae taffi ar drwyn Ceridwen.
Mae'n ddoniol.

Bobol bach!
Beth sy'n gwenu yn yr awyr?

Mae sêr yn gwenu yn yr awyr.
Mae'r Dewin Doeth yn
gwenu hefyd.

Bobol bach!
Beth sydd ar y gors?

Mae'r Llipryn Llwyd ar y gors.
Mae'n llyfu llymru.

Bobol bach!
Beth sydd ar ben Strempan?

Mae het ar ei phen...

… a rhaw yn ei llaw.
Bobol bach!